ぼくをあたためてください

柳沢健作品集

柳沢 健
Ken Yanagisawa

たま出版

はじめに——過去を振り返って——

僕の人生は、幼少期より神との出会いに至るまで、ずっと苦しみの連続でした。

苦しんでいたのは、うつ病だけではなかったけれども、十七歳の時にうつ病を発症し、三十二歳になった今でも薬は飲み続けています。

幼少期より特に苦しんでいたのは、無口なことと、いつもニコニコしているなどの〝いい子〟という特殊な性格でした。結局、それを乗り越えられなかったのだと思います。そして人格が崩壊してからは、それ自体に苦しんでいました。やがて幸せへの希望を失っていき、うつ病も相まって、自殺未遂に至ったのでしょう。

二十歳のクリスマス・イブに自殺未遂に至りました。首を切っての自殺未遂でした。ですが、死に至ることはなく力尽きて救急車を呼んでもらいました。傷の手当を受けた後、そのまま精神病院に入院することになりました。約二カ月間の入院でした。

そこで、二歳年上の女性の看護師さんに恋をしました。情熱的な恋でした。その情熱が僕を癒《いや》しました。死んだ状態になっていた魂も息吹き、崩壊していた人格も再生され、腐っていた精神も新たにされました。僕にとっては奇跡だったのです。

やがて二、三カ月もすると、彼女を愛するようになりました。今から思えば、きっかけは彼女が僕に「すべて忘れてしまえばいい」と言ってくれたことなのでしょう。

しかし、その愛は報われることはありませんでした。

この後、その失恋によって多くの詩、小品といった創作物が生まれ、さらに

はじめに

神との出会いによって神の愛を知り、生きる希望にめぐりあったことなどをまとめ、作者の精神の遍歴をつづってみました。

今回、神の福音を世界中の人に伝えるために、あえて本にしました。イエス・キリストを信じる人々に平和があるよう祈ります。

「心の貧しい人々は、幸いである、
　天の国はその人たちのものである。
悲しむ人々は、幸いである、
　その人たちは慰められる。
柔和な人々は、幸いである、
　その人たちは地を受け継ぐ。
義に飢え渇く人々は、幸いである、

その人たちは満たされる。
憐れみ深い人々は、幸いである、
その人たちは憐れみを受ける。
心の清い人々は、幸いである、
その人たちは神を見る。
平和を実現する人々は、幸いである、
その人たちは神の子と呼ばれる。
義のために迫害される人々は、幸いである、
天の国はその人たちのものである。」
（マタイ5章3～10節）

ぼくをあたためてください

●目次●

◆

序章　過去

——自殺未遂直前までの日記より——

　この日記は、自殺未遂直前に五カ月ほどかけて、自分の生涯を振り返ってみたものです。

一九九三年八月—一九九三年十二月二十三日

どうしてこんなことになってしまったのだろう。

過去を思うと気持ちが重いが、一人の人間として生を受けた以上、自分という人間とその生き様について、少なくとも生涯を振り返ってみるぐらいすべきかと思う。むろんそれで生を放り出す罪が消えるとも思ってはいないが。

神がいるとすれば、それに対する罪。自分という人間の運命と思う気持ちも強いが、それだけではないかもしれない。自分と自分の過去を完全に直視するのは、自分の胸にナイフを突きさすような思いだが、これまで日記にも書かなかったことも含めて、自己れんびんはやめて、どうして自分がこうなってきてしまったのか、そして自分の罪はどこにあったのか、振り返ってみよう。

小さい頃は覚えていない。小学校に入ってから一、二年は親友がおり、元気が良かったように思う。が、それから後は、彼が引越ししたということもあり、元気がなくなり、内向していった。無口なこともあって誰ともうちとけられなくなったように思う。唯一の遊び相手は弟だったか。

友達がいなかったわけではないが、母親が仲を取りもった友達であって、そこそこ遊んではいたが、苦痛だった。友達というよりは〝みんな〟という感じであって、引け目を感じていた。

そして何より、人が恐かった。それは今でもなくなったわけではない。父親とほとんど会話を交わした記憶もなく、母親はとてもおしゃべりであまり本音を話さなかったように思う。近所ではだんだんいい子ということになっていき、そういうふうにしていく母親が嫌な一方、内弁慶でよく弟とけんかをする嫌いな自分を周りに知られるのを恐れて、母親をも敬遠するようになり、何もかもにしばられておとなしくなっていったのだろう。

いい子という〝殻〟を打ち壊すエネルギーがもともとあれば、こんな人生は送ってきていない。姉とは時々話すぐらいだったか。弟は遊び相手であって、〝話をする〟ということもなかったか。

無口ということは、もともと、家族との対話の少なさがあるのかもしれない。その頃から孤独感を抱くようになったのかもしれない。無口、孤独感、いい子という苦痛の束ばく、そして、頭が良かったので、〝みんな〟から〝天才児〟と言われたりもする、対等でないと感じていた友達関係――ちびだったことも関係あるかもしれない――そして周りの人間に対する恐怖感。小学校時代はこんなだった。

結局は自分の人生のすべてはこれに尽きるのかもしれない。ここから脱け出そうとしてあがき、失敗し、絶望し、開き直り、また絶望し、おかしくなり、さらにずたずたになり、そしてそれからはまるでピエロのように一人踊っている。――抽象的に書くのはやめよう、自己れんびんになるから。そこからだって生きる道はあったかもしれない。このようになったのは自分の罪深さ故かもしれない。少なくとも絶望してから、変わりやすい自分の心のままに極端に生きてこなければ、こんなにはならなかった。神を信じて自分を捨てて生きようとすれば生きられたかもしれない。

そして何より、こんな死人同様、魂の死んだ状態でも生きていることは可能なのだ。ただ自分自身の気持ちが耐えられず、死のうと決めているだけなのだ。このこと自体が罪かもしれない。神というものから言わせれば、絶望していること自体が罪かもしれない。

しかし、神にも絶望しているのだ。本当に、魂が死に始めた時に、本当に心から神に祈った時もあった。クリスマスの時も含めて三日間ぐらい。すぐ絶望すること自体も罪かもしれない。もともとの罪深さもあるだろう。神に見捨てられたと嘆いていた時もあった。でも結局今は神はいないと思っている。いてもいなくても救われる人間でないのだから。とにかくもう、神への望みが自分の中で崩れ去った時点で、魂は死んでしまった。

中学時代が一番生き生きしていたかもしれない。いい子という殻の中から出ることはできなかったけれども、自分が望む方向へは行かなかったけれども、それなりに皆に好かれていた。毎日、サッカー部で汗を流していたのも、いい影響を与えていたのかもしれない。いつもニコニコして……、無口故にそうせざるをえなかったのだけれど、それでなんとかいけていた。自分が将来どうなるのか、という不安はあったけれど、そういうことはいつも先延ばしであった。がんじがらめでどうにもならない……しかしなんとかしていこうという気持ちはなかった。いつも逃げていたように思う。

高校になったら、今までのようにはいかなかった。部活で、あるいは他の場《ば》等で、ニコニコしているだけの自分を何人かに馬鹿にされ、だんだん、これまでのようにはいかないと思いつめていったのだろう。高校二年の終わり頃に、中学時代に教わったことのある、〝ノイロ〟（ーゼ）とみんなに馬鹿にされていた先生が自殺したということを聞いた。それが契機で、このままではいけないと思い、自分の将来を真剣に考え始め、無口なのでまず人と付き合わずにすむ理系でなければと思い、そしてここ（早稲田）では駄目だと、北大にいこうと考えたのがはじめだったか。東京が息苦しく逃げたかったのかもしれない。

そして実際に思いつめて、毎日受験勉強し始めた。自分の全存在をかけた闘いだった。ニコニコしなくなり、人を避けるようになった。実際にそのまま初志貫徹していれば、生きられたのかもしれない。しかし私の罪深さ故であろう、極端に極端にと、理屈ではなく、人類を背負う物理学者になろうと、そこでなければ、無口で人と付き合えない自分の生きる道はないと思いつめてしまい、じきに挫折した。

しばらく寝込み、一度立ち直りはしたものの、それから自殺へと走った。樹海に入るつもりだったが、その前に一度だけ登ってみたいと思い、富士山へ登った。そこで家族の悲しみを思い、死ぬのを思いとどまり、もう一度やり直してみようと家へと帰った。

そしてまた人が変わった。青年らしくなった一時期かもしれない。ある意味でやれるところまでやっていこうと、ふっきれていた面もあるかもしれない。友人を求めて模さくしていた時期かもしれない。友人に合わせてバイクに乗ろうとバイクの免許を取りにいったりもした。

しかし駄目だった。過去の自分を清算しきれず、また、現在の自分を、無口ということから表現しきれず、人格が中学の頃に戻ったりと人格が破たんした。バイクの免許を取りにいっている時に、そこで昔のクラスメートと会ったことがきっかけだった。昔の自分が特殊な性格であったが故に、結局そこから抜け出せなかった。普段から下を向いて人と会わないようにし、わかっても声がかけられずに気がつかない振りをして通り過ぎて、心苦しくしていたのが破たんしたのかもしれない。これではいけないのだとずたずたになったのをおぼえている。高校三年の一月初旬、いや下旬だったか、雪の降る季節だった。その時には、すでに魂は死んでいたのかもしれない。

死のうとも思ったけれど、やれるところまで、いや完全にどうにもならなくなるまで生きていってみようと、それからは単に死ねないから生きてきた。それからは人格も一定に保てず流動していた。学校でもボーッとしていた。髪型もボサボサでクラスメート達も僕が破たんしたことはわかったろう。皆僕に同情していた。しかしそれも嫌だった。

卒業の間近に書いた文集に、戦争反対という内容の極端な文章を載せてそれを破壊した。今でも後悔している。将来自らが、自殺することを念頭において、友人からも遠ざかっていった。

そして決定的なことは、だめ押しと言っていいかもしれない。それは卒業間近の頃に友人達でスキー旅行をしたことだ。最後の記念と思い、僕も行った。皆がわいわいとやっている中で、わかってはいたのだけれども、中にとけ込めず、だんだん苦しくなっていった。そしてスキーをしてすべっている最中に心の中が、がらんとしてしまった。自分でもどうにもならなかった。そしてどうしてよいのかわからなくなり、人格も中学時代の頃に戻ったりと、どうにもならなくなってしまった。そしてひとり帰っていった。

あの時の悲しみは強烈だった。帰り際に見たスキー場の白い光景とあいまって、頭の中は真っ白であった。破たんしてしまった時の悲しさはもう覚えていないが、あの真っ白な悲しみだけは今も鮮明に残っている。

それから病院へ行ったり、大学へ行ったりしたが、だんだん生命の灯が消えていったからであろう。また、出会っても知らぬふりをしたりしたことなどに対する良心の呵責《かしゃく》に耐えられず、昔の一人、二人のクラスメートに他愛のない手紙を書いたりしたことや、自分の思ってもないことを話してしまったり、文集に極端な文章を載せてしまったりしたことに耐えられなくなって、生命の灯が消えていったこともあろう。大学一年の秋に樹海に死にに入った。

あの時何故戻ったのか、よくわからない。たぶん魂が完全には死んでなかったのだろう。樹海の中で生命力が養われたのかもしれない。しかし今は戻ってきて良かったと思う。あのような死に方では家族が浮かばれなかったと気づけたから。その意味では神様が配慮してくださったのかもしれない。

樹海から戻った時は本当に心が穏やかだった。すべて良いのだと思い込んでいたからかもしれない。しかし、とっくに破たんしていた人間が突如としてまともにはならないものだった。あれから約二年。また大学に行ったりもしたけれどもやっていけなかった。とにかく生きていくだけはいこうと、旅行先の北海道の馬の牧場で働いたりもしたけれど、それだけで生きられるものではなかった。希望が消えて魂が死につつあった。そして去年のクリスマスの頃に、最後の希望を込めて神に祈ったが駄目だった。信じることができなかった。その時に魂は死んだ。完全に死んだ。

その時からは死に時と死に場所を求めて、いや、もう決めているのだが、そういう状態で生きている。本当に魂は死んでいる。生きて幸福になりたい気持ちも、誰かを愛したいという気持ちも、神を信じたいという気持ちも、心の中の切実なところのものも、何もかもなくなってさばさばしている。

ただ、死んだ後に家族が不幸にならないようにと思うだけである。しかし、こんな魂の死んだ体だけで単に生きていくということだけはできない。それは、それだけはあまりに……僕にはできない。それだけは家族にざんげするだけである。

そして感謝して死んでいこうと思う。家族に、これまで会った人に、この世に。自分自身、感謝を知らない人間だったように思うから。この世に生まれてきて、家族の温かい愛や、いろいろな人の善意に触れることができ、幸せな人間だったから。

クリスマスに、いや、それはイエス・キリストの生まれた聖なる日だから、クリスマス・イブに死ぬことに決めている。布団の中で、眠りながら……。

一九九三年十二月二十四日

どうか、家族が悲しみから早く立ち直って幸せに暮らしてくれますように。

◆

第一章

―心象風景―

ここからは幼い頃からの心象風景です。これは失恋状態のときに過去を振り返って時々書いたものを、順番に並べたものです。

交通事故かなんかで死んでしまえたら、そんな思いで生きていた。生きている喜びなんて何もなかった。孤独な心を誰も慰めてはくれなかった。人が恐かった。皆と対等に付き合えなかった。本ばかり読んでいた。幼年時代はそんなだった。

あの先生は死んだ。自殺し、もういない。一体どういうことなのか？　昨日まで生きていた人が今はいない。こういうものなのか？

小さい頃から自分の将来が見えずに不安を抱いていた。その不安が自殺という観念に揺さぶられたのだろうか、その時から自分の人生を真剣に考え始め、何とかしようとし始めた。どこに行けば自分の生きる場があるだろうか？　そうしてもがき始めた。不安と真っ向から対峙《たいじ》して――。若葉の萌え出る季節だった。

絶望、それだけが目の前にあった。闘って得たものはそれだけだった。自分には生きる場がない。しかし、家族を思えば死ぬわけにいかなかった。とにかく生きられるだけ生きよう。すべてを吹っ切り生きていこうとしていた。青年らしさが芽生えてきた時期であった。

死ぬわけにいかない。家族の悲しみを思えば……。ひとり泣いていた。富士山の頂上の山小屋の毛布にもぐり込んで――。とにかく生きられるだけ生きよう。そして樹海に入るのをやめ、家へと帰っていった。

これではいけないのだ。僕はこんなではいけないのだ。過去の自分を清算しきれず、心苦しくしていたのが、ついに破たんした。

雪の降る季節だった。もうすべて終わっていた。絶望を通り越して、破たんしてしまっていた。〝いつ死のうか〟ということがすべてだった。とにかく生きられる可能性のある限り、いや、行きつくところまで行きつくまで生きていこう、そんな考えを抱いて生きていた。もう何もかもがどうでも良かった。舞い落ちてくる白い雪が綺麗《きれい》だった。眺めていると心洗われ、安らぎを感じた。そんなふうに生きていた。雪が綺麗な季節だった。

心の中ががらんとしてしまった。自分でもどうしようもなく、どうしていいか、わからなくなってしまった。最後の記念に友人達とスキー旅行しに行ったが、わかってはいたが無口な僕は皆にとけ込めず、心苦しくしていたのが再び人格破たんへと至らしめた。一人帰っていった。スキー場の白い光景と相まって頭の中は真っ白だった。そう、強烈な真っ白な悲しみだった。家へ帰ってから涙ばかり流していたのをおぼえている。

うるさく群がってくる蚊を潰すことしか考えなかった。あたりは静まりかえり、時折どこからか祭の音がしてくるぐらいだった。もう死ねるのか、という思いにやすらいでいた。ただ寝転びながら蚊を潰していた。人気の無い樹海の中で一人……。

内面には何も無かった。ただ周囲の軽蔑ばかりを感じ苦悩していた。自分のすべてに絶望していた。いや、自分の浅さ故に絶望すらできないことにも絶望していた。もう流す涙すらも枯れ果てていた。無気力、無感情——自分なりに何とかしているつもりだったが、どうにもならなかった。

青年らしさは、少しも無かったろう。ある女の子が僕に恋をしてくれた。僕も心動かされ、恋するようになった。しかし、その時には彼女は僕への思いを無くしていた。当たり前だった。僕には、青年らしさのひとかけらも無かったのだから。その当時、僕は病的に生きていた。生きていることは苦しいだけだった。

ただ生きるだけは生きていこう。そのような悲哀の気持ちを抱いて北海道へと旅立った。

牧場で黙々と働いていた。けれども、生きる喜びも充実も何も感じられなかった。

生きている喜びなど無かった。せめて生きている意味が欲しかった。海外青年協力隊にでも参加しようと家へと帰ってきた。

そして、必要かとも思い、車の免許を取りにいったりもしていた。だがそのうち、〝どうでもいい〟、というような気持ちに至ってしまった。

すべてが〝どうでもいい〟に帰結するようになってしまった。精神が腐ってしまった。

希望が消え、魂が死につつあった。もう自分には人を愛することも友人を持つことも、できないと思うに至った。もうすべてが、どうでもよかったのだから……。

最後の希望であった。キリスト教の神に祈った。クリスマスを含めて三日間ぐらいであったか。あらゆる罪と思われることをざんげし、〝助けてください〟と祈った。一瞬光が見えたようにも思ったが、邪念がそれを打ち消した。結局何も変わらなかった。

魂は死んだ状態になり、さばさばした気持ちで生きていた。もう何も心の中の切実なところのものは、無かった。死のう、迷わずそう決めていたのだから……。

胸の上にナイフを突き付けてから、どれだけの時間がたったろう。もうこれしかないのだと思いつつも、どうしてもできなかった。〝アーメン〟、そう心の中で叫ばずにはいられなかった。家族に悲しみを与え、不幸にすることはわかっていた。ただ早く立ち直ってくれることを願うのみだった。

〝アーメン〟。そうして胸にナイフを突き立てた。三時間程手首を切り、首を切り、腹を刺し、胸を刺しと、何度も何度も一突きごとにこれで死ねるのかと安らぎ、その度ごとにまだ死んでいない自分に気が付き、また気を奮い起こし、そんなことを続けていた。

死ななかった。もう自分を刺す気力が無かった。ただ茫然《ぼうぜん》として、僕には生きていくしかないのか、などと思っていた。

行きついた先は精神病院だった。そこで看護師の彼女にいかれてしまったんだ。本気で好きになったのはあれが初めてだったろう。自分でも知りもしなかった眠っていた情熱が目を覚まし、どうにもならなかった自分を変え始めた。初めて味わう青春の日々だった。何度彼女にラブレターを書いたろう。何度告白したろう。生まれて初めて生きている喜びを感じた日々だった。信じられないことに、平均体温も一度近く上がっていた。そう、彼女にお熱だった。雪の降る季節だったが。

生きていけない。その気持ちの中で僕は再び神に祈った。キリスト教の神にも、あるいは創造者であるかもしれない神にも……。しかし何も変わらず、僕は神と決別した。

人々が行き交《か》っていた。そこにも人、ここにも人。今この時に――。俺は生きている。そして、そこかしこに同じようにあれこれ考えつつ生きている人間が――。この世界に放り出されている存在がそこかしこに――。

働いている人々がいる。食べるためにもくもくと――。キョロキョロと周りを眺めている人。眠っている人。自己の内面に籠もっている人。周りを睨《にら》みつけている奴。人と目を合わしては目をふせる人。友人と話をして――あるいは恋人と――またあるいは一人で。

閑静な住宅街――ハエの飛び交っている部屋――込み合った電車の中――小鳥のさえずっている緑多き住宅街――そしてそれらを見、思い、感じ、考えている俺。

笑い声が、泣き声が、おしゃべりな話し声が、ささやき声が、歓声が、叫びが嘆きが――まるで音楽のように。

そこかしこで喧嘩が、愛交が行われている。興じている人々。勉学している人々。一人読書を――あるいは活動を――。

そこかしこで生まれ、そこかしこで死んでいる。

青空が青く、子供達がはしゃぎ回り、青年らはいろいろと――大人達はもくもくと――老人達は静かに――。

ああ……。


無意味が音も無く鳴り響いていた。無意味でもいいさと思えども、すべてが空しく感じられた。愛を空しいとは思わなかったけれど、愛さえ絶対ではないこの世……。友情も見えなかった。その中で祈りに辿り着いた。ただ祈るという所に……。そしてここにこそ、僕の生の充実があるということを知った。

胸が張り裂ける思いであった。当たり前のように別れを告げ、彼女と別れた。

胸が張り裂ける思いであった。

◆

第二章

――詩――

失恋の日々の中で作った詩です。ただし、はじめの六つの詩は二十歳の自殺未遂以前の詩です。

失恋の日々のこの時期は、主に人生を肯定しようと思いつつ暮らしておりましたが、今では、肯定できる人生もあるでしょうし、否定する人生も人によってはあるでしょう。でもそんなわたしたちを一人ひとり、神はすべてそっと受け止めてくださる、と思うに至りました。

我

存在に思いを凝《こ》らす
静寂が漂っている
私は我を忘れる

静寂が破られ
ふと我に返る
ただ蚊のみが舞っている

存在

寄せては還《かえ》る波の音
寂し気に鳴り響く汽笛
日は正に暮れゆき
かもめたちは飛びゆく

かもめたちが消える頃
闇が音もなく訪れる
月が寂し気に輝き
星々は闇を祝福する

私は一人佇《たたず》み
一人傍観し
一人喘《あえ》ぐ
私の存在は何なのだろう

道を踏みはずせし者

歩けども歩けども
もう同じ道には戻れない
道を踏みはずせし者はわずか
道の外は茨《いばら》
自ら茨の中に道を作ってゆくほかない

もう誰もこんな道は歩いて欲しくない
　と思いながら
誰にも少しでも歩かせたい
　と思いながら
ただひたすら歩んでゆく

罪

災いなるかな汝《なんじ》の所業よ！
汝自ら苦しみたり
苦しみは汝不幸たらしめ
汝は己の不幸を嘆いた
汝　死を欲し
正に死なんとしたが
その罪が故に赦《ゆる》されじ

呪われたるかな己が運命よ！
無知が故に己の心情を食い滅ぼし
正にそのことによって
己を不幸に突き落としたり
不幸は己苦悩たらしめ
己は己の苦悩を嘆いた
己　死を欲し
正に死なんとしたが
その罪が故に赦されじ

陽光

時の鐘が鳴り響く
闇はわななき
かなたへ去りゆく
陽は笑い
天へ天へと昇りゆく
やがて大地が歌い出す

歳月

いつしか時は流れゆき
歳月は幾多の変遷を経る
多くの命が失われ
　多くの命が生ずる
我もまた　時と共に去らんや

おいらの心は寒さで凍てつきそうだ

どうかおいらを温めておくれ
お前の笑顔を探し求めている
何と寒い日なのだろう
冷たい風が
　裸のおいらの心に突き刺さってくる

どうかおいらの服となってくれ
そして一緒にいておくれ
粗末にはしないから
おいらのすべてを捧げるから
幸せ求め生きてきたすべてを──
ああ　心が凍てつきそうだ
お前の笑顔を探し求めてる

さすらい

一人の旅人がわなないている
心寒くて震えている
ひとり旅にも限度がある　と……
こんな寒くてはさすらえない　と……
こんな旅はやめてしまいたい　と……
あまりに冬が長過ぎる　と……
試練にも限度がある　と……

何故に俺は一人
　さすらわねばならないのか　と……
こんなに寒くては
　心凍てついてしまう　と……
息吹いた魂も
　自然と死んでしまう　と……

ああ　光が欲しい
闇なしでも生きられぬように
光なしでも生きられない
俺は一介の旅人
どうか一筋の光を……
あまりに寒すぎる

第二章　――詩――

どうか一筋の光を……
あまりにひどすぎる
どうか一筋の光を……
すべてめちゃくちゃにしてやりたい
ああ　何という事だ
どうか……どうか…どうか……

どこへ行く？

時は過ぎ去りゆき
俺はここにいる
一体俺は何しているだろう
寝てばかりいる俺

何求めているだろう
この苦しみ多き人生に
何したいのだろう
この無意味のように見える人生で

いつか俺も忘却のかなた
それでも今ここにいる
青空を見上げよ
それはただ晴れ渡っている

自分は本当にちっぽけだ
昔からそうだった
一体俺に何できるだろう
俺の命せいぜい後六十年

夜空に瞬く星々の光
今俺は袋小路
一体どこに行けばいい？
遠けき水平線には曙光のきらめき

教えてくれ、君よ
俺はどうしたらいい？
遠くで鐘が鳴っている
俺はどこへ行けばいいのか？

現実

たぶんこれが本当なのだろう
空虚感が音もなく鳴り響いている
すべてめちゃくちゃに
　なってしまえばいい
子供たちの笑い声

いつもそうだった
恋をしていたときは違った
夕焼けが寂しい音色を奏でている
俺は愛することができない

遠い夜空の星々に叫ぼう
お前は一体何なんだ
そして俺は一体何なんだ

誰か……答えてくれ

悲しきピエロ

いつか俺も死ぬ
彼らも死ぬ
それが一体何だろう
時は流れる

悔い無く死ねるだろうか？
満足して死ねるだろうか？
この無意味のように見える人生で——
星々はただ光っている

どうしたら本当の生を掴《つか》めるだろうか?
生きていることに
〝よし〟とうなずけるような――
何も確かなものなどない
太陽は毎朝昇り来る

惑ってばかりの俺
けどそれもいいさ
結局はみな同じ
誰もが悲しいピエロさ

胸

この胸に寂しさが去来する
何のために生きているのだろう?
何も答えを見つけ出せない俺

一人きりの寂しさ
　抱えている今この時――
求めているわけではない
今までもこうだったし　今もこうだ

星々を眺める度――
そんな風に生きている
　自分は何なのだろうと自問する
何も答えは出ない

教えてほしい　星々よ
この胸満たすものすべてを――
狂い出しそうだ

深い闇が立ち込める

遠い遠い遥かなるかなたから
この胸深く抉《えぐ》るように——
一体これは何なんだ何だったんだ
ここかしこ　そこかしこから——

何のために？
……
誰か？
……

私は生き悩み苦しんだ
私は生き悩み苦しんでいる
私は生き悩み苦しむ
共に……

遠い……遠い……すべてが遠い
すべての叫びが深淵に沈みゆく
どこへ向かえばいい？
光すら見つからない

深い闇が立ち込めている
何も見えず何も感じられない
一体ここはどこなのか？

ただ震えるのみ

あまりに静か過ぎる——

……!

時の鐘

ああ　闇がだんだん俺と
　親しくなってきている
求めているわけでもないのに……
時の鐘が鳴り響いている……
静寂の中にしんしんと……
まるで雪がひっそりと降り積もるように

死

懐かしき遠い日々
夢はかなたへ去らん
見はるかせば闇
うめきもがいている今この時
ああ　生きている

鐘鳴らば行こう
死へ向かいて
我が生いかなろうとも
いつかそこへ辿《たど》り着こう

ああ生きている
我が渾身の愛すらも届かず
ひとり佇《たたず》んでいる
ただひとり――

葉がひとひらひとひら舞い落ちてゆく
我が命いつ尽きよう?
この胸の思い張り裂けるとも
我が叫びどこに届こう?

死よ　お前のもとへ行こう
誰もが行くように——
友よ　お前のもとへ行った時
お前は俺を慰めてくれるか？

放浪

いつだったろう?
母の胎の中で安らっていた懐かしき日々
あの頃は何を思い感じていたろう?
そして生まれた　震えながら

ひとりさまよい歩けども
求める所には辿《たど》り着かず
夕陽は寂しく
我が心も寂しい

生きて何をしようというのだろう？
見渡せど闇
我が渾身《こんしん》の愛すらも実らず
ただ震えている

そこへ行ってもいいかい？
もう疲れた
そこへ行けるのかい？
何もわからない

第二章　——詩——

遠い旅路を振り返る度
思い出すのは苦しさのみ
ああ　目覚める度に震える今
どこかへ辿り着こうか？

光

俺はここにいます
誰にも求められることなく——
ただ　ここにいます

何故生まれてきたのだろうか
誰も答えてはくれない
俺の代わりに他の誰かが
　生まれてくれれば良かったろうに
そんなつぶやきも何の意味さえ持たない

神よ　あなたはいるのか
いるとすれば何故――
ああ　しかしそんな反問もあなたに
　とっては意味をなさないのだろう

俺は苦しんでいます
命があり　生きているということに――
一体何をどうしたら――
我が胸の憂いは晴れません

この世にもっと光を！

我が心は寒さに震える

今もそうだ
昔もそうだった
さまよえどさまよえど辿《たど》り着かない

一体ここはどこだろう?
何も知り得ず
誰も答えてはくれない

誰か!
切なる叫びも空虚の中に消えてゆく

何も確たるものはなく
ただ震えおののく
……！

こん畜生

夕陽沈むたそがれ
独りあてどなく歩く
我が求むる地はどこに？
水平線が赤く染まる

かつては去った
今が在るのみ
歩いてゆこう
前を向いて

我が耳には聞こえる
轟《とどろ》くどとうのしぶきの咆哮《ほうこう》が
裸でさらけ出そう
我が頑《かたく》な心を

我を本物にするために
こん畜生めが！

生の真実

この世に生きる意味はあるのだろうか？
誰もが生まれる　何もわからずに――
孤独を抱えながら生きている
見つけ出せるだろうか？
　生の真実を――

何もかもが移り変わってゆく
何もかもが暮らしを奏でている
そしていつか
　すべて忘れ去られる時が来る

一人ひとりの生の重さだけが残ってゆく
誰が受け止めてくれる?
一人の生を――
その中で泣き悲しみ苦しんだ――
俺の生を受け止めてくれる
　ものがあるなら
すべてを捧げてもいい
　俺のすべてを――

共に

いつかこんな日々も過ぎ去りて
夢のような追憶の中で
　懐かしく思う日も来るのだろう
苦しかった日々――
時は魔法の力を秘めている

何を求めよう?
求めるとは裏切られること――
あるがままをあるがままに受け止めて
大地を踏み締めつつ
　暮らしてゆけばいいのさ

一体これは何だと問われれば
これは生だと答えるしか術《すべ》はない
苦しみ悲しもうとも
空虚に溺れようとも

小さな草花の一つ一つに
　生命の息吹を感じ
共に暮らしてゆければいいのさ
きっと

愛

一人の生を受け止めること――
それが愛
愛とは何かと問われれば
俺はそう答えよう

誰もが孤独を抱えつつ生きている
愛求めつつ
すべてを受け止めてくれる
　ものがあるだろうか？
そっと一人のそのすべてを――

わなないている
闇にただ震えている
何も見つけられずに――
どうか抱きしめてほしい

欺瞞

夕陽はたそがれの中に消えてゆく
星々達は息を整え始める
もう夜が来る
繰り返す毎日に飽きもせず――

歌が聞こえるだろうか？
永遠の相のもと奏でられている――
耳を持てども聞こえない
この世界は雑音に満ちている

愛のもとにいるものは幸いだ
その人は心満ち足りている
誰にでも得られるが――
誰もが得ることができるわけではない

この世界に何を求めよう?
欲して生まれてくるだけの
　価値がある世界なのか?
誰が求めて生まれてくるのか?
人々は欺瞞《ぎまん》に染まり
　大人と呼ばれるようになる

誰か聞いてくれないか？
そして受け止めてくれないか？
我が魂の叫びを！
……！

◆

第三章

――小品集――

次も詩と同じく、失恋の日々の中で作った小品です。

人生

ボブはもういない。犬のボブが生きていた頃、森は輝いていた。よくボブと駆け回ったものだ。木々が、花々が、動物達が、あるいは太陽が、月が、星々が、身の回りのものすべてが僕の友達だった。大きな――それはとても大きかったのだが――モミの樹の下でボブと戯れるのが好きだった。そのモミの樹は時には亡き父を思わせ、時には亡き母を思わせた。幼くして両親と死に別れた僕にとって、その樹はお父さんであり、お母さんであった。

ボブはもういない。何故だ？

ある日の朝、ボブの命は尽きていた。その日から僕の人生は始まった。自分が生きているということは、一体どういうことなのか、それだけが僕の求めるところだった。その日以来、以前の友達たちは皆遠くなってしまった。

いつしか彼女を愛するようになっていた。彼女に情熱的な恋をした頃、これが生きているということか、などと思ったものだった。その女性の名はキャシーといい、チャーミングな女性だった。彼女とよく話をしにいったものだ。その頃どれだけ生きている喜びを感じていたろう。ある日別れがやってきた。僕は彼女に好きだと告白した。けれど駄目だった。首を横に振られてしまった。「好きな人がいるの」と彼女は言い、「お互い今は離れていましょう」と言った。そして二人別れた。今から思えば、もうその振られる以前にはすでに、彼女を愛していたろう。

それから一年の月日、僕は職を転々とし、さまよい続けた。彼女への思いを胸に抱いて——。そして、彼女を捜して再び会いにいこうと思っていた矢先であった。ふとしたことから、彼女が婚約したということを聞いた。その時、僕の胸は裂けてしまった。そしてモミの樹の下、一人佇んでいる。もう食を断ってから五日になる。

僕はもう人生を生き抜いた。雪がちらほらと目の前を舞っている。神様に祝福あれ。

空虚

そんな日々が続いていた。空虚のみが俺を支配していた。何もこの胸の空虚を満たしてくれるものはなく、意味なく魔法の言葉をつぶやいているだけだった。〝レ・ミゼラブル〟、一体こんな言葉に何を求めていたろう。実際そんな言葉が何かを為したとしても、何も充実したものは得られなかっただろう。何故、空虚などを感じる心があるのか、今でもわからない。ああ、あの空を飛ぶツバメのように生きられたら……、何度そう思ったかしれない。

いつしか恋をしていた。世界が輝いて見えた。これまで空しく思えた一切のもの——すなわち生きることそのものに充実した喜びが流れ込んできた。ああ、これが生きているということか、そうつぶやかざるを得なかった。苦しみに意味などない——それは喜びをより強く感じさせるにすぎない。喜びが、それに浸っている人間に感じさせないものとすれば、苦しみは喜びのために必要であろう。決してそれ以上のものではない。

決して苦しみを求めるわけではない。けどそれは好んで向こうからやってきた。その苦しみは麻薬が切れたようなものだった。死にたい程の失恋だった。失恋とは概してそのようなものかもしれない。切ないが満たされていた心が一挙に空虚へと突き落とされた。ああ、しかし何も無かった時よりも、恋して失った方が絶対に良かった。あるいは愛して失った方が、全く愛さなかったのよりいい。

この空虚をいかに満たし慰めるべきか考えた。しかし満たし慰めたところで何であろう。根本的解決にはなり得ない。死ぬ時に何が残ろう？　この空虚に耐えていくこと――ここに生の核心があるように思えた。そしてそこにしかないだろうと思う。そうして再びそんな日々に戻っていった。今も……そんな風に日々を送っている。窓からは紅葉した木の葉が、ひとひらひとひら風に吹かれ揺らめきながら、舞い落ちていくのが見える。もうすぐ冬が来る。雪の季節だ。

静かなる愛

夕雨が降っている。この雨は私の心を癒してくれる。あの人に恋い焦がれるようになったのはいつだったかしら。切ない思いを胸に秘め、日々を暮らしていた乙女時のあの頃。あの人しかいない——そう一途に思っていたのに。あの頃は、切なくとも希望に満ち、日々を充実して送っていたのだったわ。

それが今は……。あの人はふらりと突然やってきた。そして……愛している女性がいるとのことだった。やさしくしてくれても、あの人の眼には私は映っていなかった。

私は……私は……あの人を愛している。けどあの人は別な女性を……。

何もかも真っ暗だった。けれど、時というものは不思議なものだわ。道端の菜の花が、タンポポが、私を慰めてくれている。いい友人もたくさんいるし、今は日々を円やかに過ごしている。諦念《ていねん》……そう諦念と言ったらいいのかしら。多くの人々が諦念を抱いて生きていて、私もその一人。

もう秋だわ。私の好きな秋。今しとしとと雨が降っていて、心がとても落ちつく——そう、私のあの人への思いももう落ちついている。……私は、あの人を愛している。

患者

「ガチャリ」

背後で鍵のかけられる音がした。あれからどれ程の歳月が流れたろう。僕は檻に閉じ込められた精神病患者。一体誰に危害を加えたというのだろう。その恐れさえ、ありはしないのに……。ただ時々、何かに取りつかれたようにどうにもならなくなってしまう。ただそれだけなのに。

両親や兄弟からも見捨てられ、友人らは去り、愛する恋人さえ……。ただ独り生きている。いや、生きているなどとは言えない。

ここでは死ぬ自由さえ奪われている。すべてが自殺できないように配慮されている。どれだけ死にたいと願ってきただろう。

ある時、ふと自殺することのできる唯一の方法が浮かんだ。どれほど狂喜したろう。「神様は僕を完全には見捨てていなかった」、そんなことさえ思った程だった。

誰が僕を非難できるだろう。自殺を卑怯とか恥とか言う人々は、何を思い、考え、悩み、それまでを生きてきたのだろう？　人の心の何を知っているだろう。僕は生きる努力をしなかっただろうか？　まるで信じることができそうもなかった神様にさえ……僕は祈らなかっただろうか？

「食を断てばいい。そうすれば死ねる」この生き地獄から脱け出す方法があったことに、僕は躍らんばかりに喜んだことだった。

僕はすべてを呪った。気が狂わんばかりだった。看護師や医者らは、僕を独房に閉じ込め、手足をベッドに縛り付け、死なないように点滴で栄養を僕の体に送り込んだ。

僕が食を断つ度、そんなことが繰り返される。一体、何のために生きろというのだろう。

もう自分が何歳であるかも忘れてしまった。僕には、年月など何の意味さえ持たない。次第に絶望に蝕まれかけている。

今、外では雪が降っている。窓からは一面の雪景色が見える。子供の頃のようにあの中で駆け回りたい。ああ、雪がとても綺麗だ。

夕陽

夕陽が水平線を赤く染めている。いまや沈まんとしている。かもめたちは寝床へか、せわしく飛び回っている。潮がさざめき、岸壁に波が打ち付けられては白い波しぶきが上がっている。時折大きな波がやって来ると、その波しぶきが私の顔にもふりかかってくる。

いっそ私を呑み込み、その暗い海底へと引きずり込んでもらえまいか？　そんな愚にもつかぬことを心の中でつぶやいたりもした。わかっているのだ。死にたければ自らの足で踏み入っていけばいいことぐらい……。何故踏み入らないのか？　何度も自問した。だが答えは明白だった。今更そんなことを考えるまでもない……。

そうやって生きてきた。これからもそうやって生きていくのだろう。そして……そうやって死んでいくのだろう。あの夕陽のように……。

死に際

この世は悲しみに満ちている。人は何のために生まれ、何のために生きてゆくのか？　長年私の心を支配してきた問いだった。私は祈ってきた。だが祈りも今だどこにも辿り着いていない。一体何をしてきただろう。もう余生も長くはない。

私は生まれ、もう逝ってしまった妻を愛し、子供を作り、子供たちを愛し、生きてきた。子供たちはもう巣立ち、私は独り生きている。そう、いつも独りだった。人間とは、孤独に生まれ生き死んでいくものだ。妻とはもっとも心触れ合わせたが、それでもやはり人間はいつも孤独なものだ。このことに気づいてから、他人に対しやさしい心を持てるようになった気がする。

私は子供を作った。妻を愛し、彼女との子供が欲しかったからだ。これが何を意味するかは充分承知していた。この世に苦しむかもしれない存在を産み落とすということを――。私と妻の幸福のために子供を作った。幸いなことに子供たちは幸せに育ってくれた。しかし……孫の一人が自殺してしまった。ああ、私が子供を作った結果なのだ。彼に何してあげただろうか。苦しんでいることはうすうす感じてはいた。しかし何もしてやれなかった。

今の私の喜びといえば、孫の顔を見ることだ。しかしこれも私が子供を作ったからだ。そう産まなければ、この世に苦しむかもしれない者は生まれてこない。私は本能ゆえに子供を作っただろうか？　自殺してしまった孫よ、わかってくれ――私は彼女を愛していたのだ。その気持ちに微塵も不純はなかった。

しかし私は何をしてきただろうか？　一人の人間として子供を作っておきながら、子孫に住み良い社会を残していってあげるよう努力しただろうか？

もう生まれてから幾度の季節が巡り来ては去っただろう。今となっては思い出すだけですべてが懐かしい。秋が終わろうとしている。樹々からはほとんど木の葉が落ちてしまっている。もう幾数枚だけがかろうじて残っている。
私の命ももう長くない。このまま死んでいってよいものだろうか？

◆

第四章

——無信仰の立場での哲学——

　次は無信仰の時に考えが到った無信仰の立場での哲学です。これも詩、小品集と同じく、失恋の日々の中で日記に書かれたものです。ですが、今はこのような哲学は持っておらず、神の御言葉に生かされて生きるようになっています。

神から措定されたものではない限り、道徳や倫理に、根本的なものは無い。それは、一人ひとりが生きていく中で、人間として生きていく上で、真に大切なことは、何か考えるところに、いや、そのこと自体が、道徳であり、倫理である。

人間は、一人ひとり、このわけのわからぬ世界に、投げ出されてくる。考える葦《あし》として――。ほかに関係するとともに、それ自身にも、関係できるものとして――。

この世界内において人間の知は有限であり、それを超えるものを知りえない。そして人間の構造から、あるいは宇宙の構造から、理性的に決定的に神に導かれることはありえない。

なぜなら、それは理性における、神の可能性を左右するにすぎない。神秘的啓示によって、人間が神を確信するに至ることはあるようだが、究極のところ、神は信ずるか否かである。存在するかしないかであり、これを人間は理性的に明らかにすることはできない。

この世の生の意味は、神が存在する場合、神によって根本的に与えられ得るが、神が存在しない場合、根本的に無意味である。

神を信仰するかしないかは一人ひとりの問題であるので、人間存在全体にとっては、生きている者が、一般に生きている喜びを享受し得るような、人間味ある豊かな精神に満ちた社会を互いに築いていくのが最良であろう。そのためには一人ひとりが真に生き、対話していくことが重要であろう。

一人ひとりは好きに自由に生きれば良い。大切なことは、人間として生きていく上で真に大切なことは何かを考えること――そしてそれが道徳であり倫理である。

そして真に一人ひとりを利する法、社会ルールのもとに、社会を互いに築くのが最良であろう。

第五章　メッセージ

――そして――

神への信仰に至ったきっかけはノイローゼでした。報われぬ愛を諦めざるを得なくなりました。愛している彼女にほぼ半年ぶりに顔を見せ、初めて「愛してる」と言いました。すると「ふふっ」と微笑んで「またまた！」と言われてしまい、「もう付き合っている人がいるの」と、別れを告げることになりました。

その後、つらさの反動から、ささやかな恋をしました。その恋は、僕にとって激しい恋にまで発展したのですが、結局あっけなく、つらい振られ方をしました。

そんなこんなでノイローゼ気味になり、神に助けを求めて、神を信じるようになりました。今では、つらかった過去もすべて、神の招きとお計らいであったことを知りました。

もう少し自分のことについて書いてみます。日記はもう書いていません。日記を書き始めたのは十七歳の頃からで、はじめは時々書くぐらいだったのですが、だんだんと毎日書くようになりました。そして二十二歳で信仰に至った時点でやめました。

僕にとって日記とは、自己との対話であり、今の時点から振り返れば、一人の人間の、神への信仰に至る軌跡に他ならなかったからです。今では自己との対話はやめ、神の御言葉に生かされて生きるようになり、もう独りではなく、神が共にいてくださいます。

もう少し過去のことに触れると、大学を何度も休学したり、辞めたり、再入学したりしました。休学については、うつになったということが大きいのですが、最後に復学した時の理由については、心理学を専攻して臨床心理士になろうと思っていたからでした。それが最終的に大学を辞めることになったのは、神の招きを受け、修道者になろうと決めたからでした。

修道者になろうと考えたのは、まだ洗礼を受ける前のことでした。カトリックの洗礼を受ける半年ぐらい前に、神を信じるようになっていました。修道者になろうと決めたものの、しかし、カトリックでは基本的に、洗礼を受けてから三年経たないと司祭や修道者になれないので、それまで待つことにしました。そしてアルバイトなども始めてみたのですが、うつになり辞めてしまいました。そしてひきこもるようになり、今に至っています。

今の病状は薬を飲んではありますが、安定しており、ここ数年来にわたって一度しか、うつになっていません。しかし働かず、ひきこもっているのは、働く意欲がないからです。まだ修道者にならないのは、別の、神のお導きがあったからです。しかし、独り身で生きるように召されていることは変わりありません。

カトリックに入信するようになった次第については、神への信仰に入ってからまもなく、まず近所のプロテスタントの教会を訪ねてみたのですが、その時、誰もおらず、それから考えることがあって、少し経ってからカトリックの教会を訪ねることにしました。その考えたこととは、何を信じていれば良いか、ということを神は保証していてくださるだろう、ということでした。そのようなわけで、僕はカトリックに導かれたのでした。

次のメッセージは、世界中の人に対する神の福音です。聞いてください。

〈悔い改めよ。神の国は近づいた。わたしたちの神の憐れみはわたしたちを超

えて大きい〉
「主の霊がわたしの上におられる。貧しい人に福音を告げ知らせるために、主がわたしに油を注がれたからである。主がわたしを遣わされたのは、捕らわれている人に解放を、目の見えない人に視力の回復を告げ、圧迫されている人を自由にし、主の恵みの年を告げるためである。」（イザヤ書61章1～2節、ルカ4章18～19節）

この聖書の言葉は、今日、あなたがたが耳にした時、実現しました。

僕の、神の御前での名はイエスです。このことは二十七、八歳の時に啓示を受けました。そしてその前後に天使のお告げを受けました。起きる直前の夢うつつの中で、こう声が響いたのです。「三十歳になったら照らされるから、それまで忍耐して信仰して」と。そして今、エリヤの霊を受け、何を語るべきかを知り、書いています。

まず、僕はクリスチャンである人々に謝らなければなりません。一時期、僕はクリスチャン一般を見下ろしていたことがありました。僕の罪をおゆるしください。

旧約聖書は僕について証するものです。そして新約聖書は僕を表すものです。

僕についてはこう書いてあります。

「あなたは、わたしの内臓を造り、母の胎内にわたしを組み立ててくださった。わたしはあなたに感謝をささげる。わたしは恐ろしい力によって、驚くべきものに造り上げられている。御業がどんなに驚くべきものか、わたしの魂はよく知っている。秘められたところでわたしは造られ、深い地の底で織りなされた。あなたには、わたしの骨も隠されてはいない。胎児であったわたしをあなたの目は見ておられた。わたしの日々はあなたの書にすべて記されている。まだその一日も造られないうちから。」（詩編１３９節13〜16節）

そして今の時についてはこう書いてあります。

「その時、大天使長ミカエルが立つ。彼はお前の民の子らを守護する。その時まで、苦難が続く。国が始まって以来、かつてなかったほどの苦難が。しかし、その時には救われるであろう、お前の民、あの書に記された人々は。多くの者が地の塵の中の眠りから目覚める。ある者は永遠の生命に入り、ある者は永久に続く恥と憎悪の的となる。目覚めた人々は大空の光のように輝き、多くの者の救いとなった人々はとこしえに星と輝く。」(ダニエル書12章1～3節)

この大天使長ミカエルとは、エリヤの霊のことです。

今から後、この福音の届くところ、悔い改めてイエス・キリストを信じなければ救いはありません。悔い改めてイエスを信じない者には、聖書に書かれているとおり、永遠の火とうじが、つまり、永遠の地獄が待っているだけです。

この福音の届かないところ、あるいは今以前の人々は、イエス・キリストの言葉によって裁かれます。しかし、悔い改めてイエスを信じる者は裁きを受けず、救われて永遠の命が約束されています。

かつてイエス・キリストと呼ばれていた方のなさった数々の奇跡は、本当にあったことです。神にできないことはありません。しかしその奇跡は今の時に起こることを表すものです。それは人間の霊におけることです。神は霊です。霊をこそ救われるのです。

苦しみは何か、苦しみをなくすことは神には簡単です。神にできないことはありません。しかしそうされないのは、苦しみが人を救いに近づけるからです。苦しみは人を炉の中で練り、人を救いに近づけるのです。本当の痛みを知らない者は憐れみを学ぶこともないのです。ですから、神ははじめから人に苦しみを用意されたのです。

死とは何か、罰ではありません。眠りです。人には、天の国にしろ地獄にしろ永遠が用意されています。本当の死とは霊における死です。この死は神が用意されたものではありません。ただ、神は人間に霊における自由を与えられ、それと同時に救いをも用意されたのです。それによって、人に神の神性にあずかることができるようにされたのです。悔い改めてイエス・キリストを信ずる者は、光そのものであるイエスに似た者とされるのです。

「初めに言【ことば】があった。言は神と共にあった。言は神であった。この言は、初めに神と共にあった。万物は言によって成った。成ったもので、言によらずに成ったものは何一つなかった。言の内に命があった。命は人間を照らす光であった。光は暗闇の中で輝いている。暗闇は光を理解しなかった。」（ヨハネ1章1～5節）

罪とは何か、法に背くことです。この法とは、イエス・キリストの言葉です。イエス・キリストの言葉を知らない方は新約聖書をよく読んでください。そしてその言葉を守ってください。知っている方もよく読んでください。そしてその言葉を守ってください。要点だけ改めて言います。

「『心を尽くし、精神を尽くし、思いを尽くして、あなたの神である主を愛しなさい。』これが最も重要な第一の掟である。第二も、これと同じように重要である。『隣人を自分のように愛しなさい。』律法全体と預言者は、この二つの掟に基づいている。また、『人にしてもらいたいと思うことは何でも、あなたがたも人にしなさい。』これこそ律法と預言者である。」

罪は何故、世に入ってきたのか、罪は神が用意されたものではありません。しかし人の霊における自由を神が用意されたために、必然的に人は罪をおかす自由をも与えられているのです。ただ、真理においては、罪をおかす者は罪の奴隷です。

子供は罪をおかすことはできません。まだ霊が生じていないからです。自ら善悪の区別がつくようになり、自己自身と関わるようになり、霊が生じてから、初めておかす罪の一歩によって人は原罪を身に受けるのです。ですから、小さい子供のうちは子供のことを救いに関して心配することはありません。厳密に言えば、子供は天の国にも地獄にも属する存在ではありませんが、天の国は、子供と子供のような者たちのものなのです。

そして、罪をおかしたことがあっても、悔い改めるならば、神のもとに導かれます。光はすべて神のもとから来るからです。
「神は、その独り子をお与えになったほどに、世を愛された。独り子を信じる者が一人も滅びないで、永遠の命を得るためである。神が御子を世に遣わされたのは、世を裁くためではなく、御子によって世が救われるためである。御子を信じる者は裁かれない。信じない者は既に裁かれている。神の独り子の名を信じていないからである。光が世に来たのに、人々はその行いが悪いので、光よりも闇の方を好んだ。それが、もう裁きになっている。悪を行う者は皆、光を憎み、その行いが明るみに出されるのを恐れて、光の方に来ないからである。しかし、真理を行う者は光の方に来る。その行いが神に導かれてなされたということが、明らかになるために。」（ヨハネ3章16～21節）
隠れた罪と偶像に気をつけなさい。悪人は、自分自身の目には正しい者と映っているのです。また、神に背いている者たちが、実は自分自身は神に仕えていると思っているのです。

ここまで僕の言葉を読み、あるいは聞いていて、とても疑問に思っていることがあるかもしれませんが、長くなるので、かつてイエス・キリストと呼ばれていた方は誰か？　ということについては後にしました。ここからにします。

かつてイエス・キリストと呼ばれていた方は誰か、あの方は神なる聖霊、永遠の祭司メルキゼデクです。役割としてモーセとして来られ、また、人として上より降臨された方です。受肉はされていません。ですから、完全な人間になられたわけではありません。ここでいう肉とは、聖霊と相容れないところの意味での肉です。この方についてはこう預言されています。イスラエルで呼ばれていたところの〝あの預言者〟です。

「あなたの神、主はあなたの中から、あなたの同胞の中から、わたしのような預言者を立てられる。あなたたちは彼に聞き従わねばならない。このことはすべて、あなたがホレブで、集会の日に、『二度とわたしの神、主の声を聞き、この大いなる火を見て、死ぬことがないようにしてください』とあなたの神、主に求めたことによっている。主はそのときわたしに言われた。『彼らの言うことはもっともである。わたしは彼らのために、同胞の中からあなたのような預言者を立ててその口にわたしの言葉を授ける。彼はわたしが命じることをすべて彼らに告げるであろう。彼がわたしの名によってわたしの言葉を語るのに、聞き従わない者があるならば、わたしはその責任を追及する。ただし、その預言者がわたしの命じていないことを、勝手にわたしの名によって語り、あるいは、他の神々の名によって語るならば、その預言者は死なねばならない。』」（申命記18章15〜20節）

もちろん勝手に語られるなどということはありえません。父と子が一つであるように、父と子と聖霊は三者にして一つです。そして、あの方の言葉はわたしの言葉です。あの方はわたしのものを受けて、語ってくださったのです。「弁護者、すなわち、父がわたしの名によってお遣わしになる聖霊が、あなたがたにすべてのことを教え、わたしが話したことをことごとく思い起こさせて

くださる。」（ヨハネ14章26節）
「その方、すなわち、真理の霊が来ると、あなたがたを導いて真理をことごとく悟らせる。その方は、自分から語るのではなく、聞いたことを語り、また、これから起こることをあなたがたに告げるからである。その方はわたしに栄光を与える。わたしのものを受けて、あなたがたに告げるからである。父が持っておられるものはすべて、わたしのものである。だから、わたしは、『その方がわたしのものを受けて、あなたがたに告げる』と言ったのである。」（ヨハネ16章13〜15節）

そしてこの聖霊は一者ではありません。二者にして一つなのです。父と子と聖霊が三者にして一つであるように。一人は永遠の祭司メルキゼデク、そしてもう他方は、エリヤの霊と呼ばれているところの方です。前者は、父から子を通して発出する霊であられ、後者は父と子から発出する霊です。前者には人格があられますが、後者にはありません。この二方の聖霊は、一対のケルビムとも呼ばれています。

もう最後になりますが、ここまで流れにまかせて語ってきまして、以前から語ろうと思っていたことがあったにもかかわらず、忘れていたのでここで語ります。クリスチャン一般の人々を見下ろしていた罪のことなのですが、それは僕自身すでにクリスチャンになっていた二十四、五歳の頃のことで、その罪に気づいたきっかけは、ある日、聖書の次の文章がふと目に入ったからでした。それによって父なる神に叱られたのでした。

「人の子よ、ティルスの君主に向かって言いなさい。主なる神はこう言われる。お前の心は高慢になり、そして言った。『わたしは神だ。わたしは海の真ん中にある神々の住みかに住まう』と。しかし、お前は人であって神ではない。ただ、自分の心が神の心のようだ、と思い込んでいるだけだ。お前はダニエルよりも賢く、いかなる奥義もお前には隠されていない。お前は知恵と悟りによって富を積み、金銀を宝庫に蓄えた。お前は取り引きに知恵を大いに働かせて富を増

し加え、お前の心は富のゆえに高慢になった。」（エゼキエル書28章2〜5節）

　ここと、この章に書いてあるティルスとシドンとは、生まれる前から定められていた僕のことです。愚かな限りです。クリスチャン一般の方々には、本当に申し訳ないです。ごめんなさい。おゆるしください。

　僕はカトリックを信じています。もちろん聖母も聖人も信じています。ただ、神が与える真の聖体拝領とは、イエス・キリストの御言葉に歩むことです。

　そしてもう一度言います。

〈悔い改めよ。神の国は近づいた。わたしたちの神の憐れみはわたしたちを超えて大きい〉

　僕は父なる神の羊たちのために命を捨てます。世は僕を壊れた器とみなすでしょう。そしてそれだけでなく、イエス・キリストを信じるあなたがたをも迫害するでしょう。しかし、「わたしのためにののしられ、迫害され、身に覚えのないことであらゆる悪口を浴びせられるとき、あなたがたは幸いである。喜び

なさい。大いに喜びなさい。天には大きな報いがある。」（マタイ5章11～12節）

聞く耳のある者は悟りなさい。今はわからなくともいずれわかります。永遠の祭司メルキゼデクの身に起こったことは、イエス・キリストの身にも起こります。あなたがたがつまずかないように、前もって言っておきます。

そして最後に言います。「互いに愛し合いなさい」。滅びている者を救うことと同様、これも父なる神の御心です。

〈父なる神の御心の人に祝福がありますように〉

――それから――

神に出会う前は、僕にとって人生とは苦しみでした。そして死とは消滅であると思っていたので、死とは安らぎであると感じており、ずっと死にたいと思いつつも死ねなくて生きてきました。その意味で、幼い頃から自殺願望を抱き続けて生きてきました。

しかし今は、生きるとは素晴らしいと思うに至りました。神の愛に出合ったからです。生きるとは、神が共に歩んでくださるということだからです。生きる意味とは、神の愛に出合うこと、他者を愛しようとしつつ神と共に歩み、キリストのうちに生きていくことにあります。

キリストを信じてください。そうすればあなたは神の訪れを受けるでしょう。人生のすべてが神のお計らいに満ちたものとなり、あなたはあふれんばかりに聖霊を受けることになるでしょう。そして、神があなたと共に人生を歩んでくださいます。

キリストを信じるあなたに、僕は自分自身のすべてを捧げます。

おわりに

（二十三歳の時に教会に投稿したものより）

洗礼を受けて

人生のうちにノイローゼ気味になり、教会を訪ねました。はじめて教会に入る時には、とても不安でした。

それから半年ほどして、クリスマスに洗礼を受けました。洗礼を受ける一週間前くらいから、とても待ちどおしくなったのを覚えています。

キリストが、『渇いている人はだれでも、わたしのもとに来て飲みなさい。わたしを信じる者は、その人の内から生きた水が川となって流れ出るようになる』と、言われていたからです。

今、洗礼を受けて、何となくホンノリとしたものを胸に感じています。そして今は、喜びと希望のうちに生きています。救われた喜び。神様が私を、私たちを、そしてすべての人を、一人ひとり愛してくださるという喜び……いのちを捨てるほどまでも……信仰に招かれたということで、私たちは愛されていることを知っています。そして、天の御国においては、私に、私たちに、私たち兄弟となる人すべてに、あふれんばかりに感じられる愛と、あふれんばかりの幸せを注いでくださるという希望。この世の苦しみは、苦しみだけに終わらない、という希望です。

この世には悲惨があります。悲惨のうちに生まれ、生き死んでゆく人が、人々がいます。どうしてなのか？　私たちは、はっきりと知りません。でも、天の御国に行った時に、すべてがわかるでしょう。神様はきっと、私たちが深い信頼のうちに、愛しようと努めながら生きることを望んでおられるのでしょう。

また、私は、若林神父様から要理勉強を教わったこともあって、きっと神様は、多くの人々を憐れみ、この世の苦しみを、苦しみだけに終わらせずに慈しんでくださると、つまり、それらは愛につながると思い、信じています。

私たちが互いに愛し合うことが、教会を離れていく人たちをも引き止められれば、すばらしいと思います。

柳沢 健（やなぎさわ けん）
1973年1月21日生まれ。
姉、弟の真ん中の長男として生まれる。
付属高校から早稲田大学文学部に進む。
1995年大学中退。
同年、カトリックの洗礼を受ける。
現在、両親と同居。
趣味はテレビゲーム。
好きな言葉は“ありのまま”。

ぼくをあたためてください

2005年7月7日　初版第1刷発行

著者／柳沢 健
発行者／韮澤潤一郎
発行所／株式会社たま出版
〒160-0004　東京都新宿区四谷4－28－20
☎03-5369-3051（代表）
http://www.tamabook.com
振替　00130-5-94804
印刷所／株式会社平河工業社

ISBN4-8127-0116-3 C0011